얼음이 얼어 죽으면 어쩌려고

얼음이 얼어 죽으면 어쩌려고

발행일	2022년 3월 8일

지은이	나보라		
펴낸이	손형국		
펴낸곳	(주)북랩		
편집인	선일영	편집	정두철, 배진용, 김현아, 박준, 장하영
디자인	이현수, 김민하, 허지혜, 안유경	제작	박기성, 황동현, 구성우, 권태련
마케팅	김회란, 박진관		
출판등록	2004. 12. 1(제2012-000051호)		
주소	서울특별시 금천구 가산디지털 1로 168, 우림라이온스밸리 B동 B113~114호, C동 B101호		
홈페이지	www.book.co.kr		
전화번호	(02)2026-5777	팩스	(02)2026-5747

ISBN	979-11-6836-216-1 03810 (종이책)	979-11-6836-217-8 05810 (전자책)

(주)북랩 성공출판의 파트너

북랩 홈페이지와 패밀리 사이트에서 다양한 출판 솔루션을 만나 보세요!

홈페이지 book.co.kr   •   **블로그** blog.naver.com/essaybook   •   **출판문의** book@book.co.kr

작가 연락처 문의 ▶ ask.book.co.kr

작가 연락처는 개인정보이므로 북랩에서 알려드릴 수 없습니다.

나보라 시집

얼음이 얼어 죽으면 어쩌려고

당분간,
　　서러울 예정.

북랩 book Lab

시
인
의

말

어느 날, 냉동실에서 나온 얼음이 녹아가는 걸 보면서 문득 얼음이 죽는다는 것은 녹아서 물이 되는 것일까, 아니면 냉동실에서 영원히 얼음으로 사는 것일까, 라는 의문이 들었습니다.

우리는 얼음을 너무 얼음으로만 생각하고 있던 건 아닐까.

얼음의 정체성을 잃더라도 가끔은 밖으로 꺼내주었으면 하고 바라지는 않을까.

온 세상이 추운 줄로만 알았던 그곳에서 빠져나와 아주 조금의 온기라도 반갑지는 않을까. 춥기만 했던, 어둡기만 했던 지난날의 저를 떠올리게 되면서요.

난 그저 따뜻하고 싶었는데.

왜 난 아직 영상의 온도를 만날 수 없는 걸까,
왜 그 누구도 날 따뜻하게 안아줄 순 없는 걸까,
춥지 않은 그곳에서 지내볼 순 없는 걸까, 한탄하면서요.

마음과는 다르게 부드럽지 못했던 말투, 부드럽지 못했던 시선,
부드럽지 못했던 하루들이 나를 점점 얼음으로 만든 것은 아닐까.

원한 적 없었는데.

그렇게 저는, 시베리아의 잡초처럼 자란 저는 추위에 덜덜 떨기만 하면서 그 모든 게 떨리기만 합니다. 겁이 많아졌습니다.

처음 보는 사람을 대하는 것도, 친구에게 오랜만에 안부 인사를 전하는 것도, 누군가를 만나서 웃으며 시간을 보내는 것도 모두 다 무서워져 버린 저는 아직도 얼음입니다.

하지만 딱딱함이 지나쳐 얼음인 채로 부서져 버릴까 봐, 그렇게 영원히 물이 되지 않을까 봐 겁이 나기도 합니다.

제가 아직도 바깥세상에 융화되지 못함을 깨닫고,
세상이 원하는 온도와 저의 온도가 맞지 않음을 깨닫고,
그렇게 저는 냉동실로 저 자신을 가두게 됩니다.

온기를 찾으면서도 추운 게 차라리 익숙한 적이 있던 거겠죠.

한 번이라도 녹아서 물로 살아 보다가 다시 얼어버리더라도 녹아내
리는 큰 꿈을 저는 아직도 꾸고 있습니다.

언젠가는, 어느 누군가는 저에게 따뜻한 물을 부어 줄 수 있겠죠?

이 책은 제가 그 추운 곳에서 느꼈던 모든 감정을 담았습니다.

그곳에서 느낀 모든 희로애락을 담아보려 했습니다.

밖으로 보이는 표현은 서툴러서, 표현방법이 글밖에는 없어서,
용기가 없어 전하지 못하는 모든 말들을 책으로 담으려 노력했습니다.

저와 같이 쉽게 부서지고, 쉽게 눈물을 흘리고, 쉽게 행복해지는
당신을 위해.

당신의 소중한 마음이 다치지 않도록,
당신의 다친 마음이 치료가 될 수 있도록,
당신의 그 연약한 마음을 토닥여 줄 수 있도록 글을 씁니다.

제가 모두에게 행복을 드리지는 못해도 이 책을 읽으시는 모든 분들이 조금이나마 따뜻했으면 좋겠습니다.

그리고 따뜻해졌으면 좋겠습니다.

당신도, 세상도, 그리고 저도.

이 차가운 세상에서 부들부들 떨고 있는 모든 여러분들께 이 책을
바칩니다.

저의 글이 당신들의 얼어붙은 마음에 부어줄 따뜻한 물이 되기를
간절히 바랍니다.

목
차

제가 갈게요

나는
벌이 되고,
흙이 되고,
비가 되고,
태양이 되어서,
당신의 웃음꽃을 피게 할 거예요.
그리고
그 환한 웃음꽃을 절대로, 절대로 꺾지 않을 거예요.
바라만 보고 있어도 저는 너무 행복할 테니까요.
힘들게 핀 웃음꽃이 쉽게 지지 않기 위해
나는 또 부단히 노력할 거니까요.

당신은 그냥 그 자리에서
하뭇이 저를 기다리고 계시면 돼요.
제가 갈게요.

어제, 오늘, 그리고 내일

세상에 공짜는 없다고 늘 굳어있는 심사를 알아차린 건지
그 세상이 나에게
하루에 하나씩은 무상으로 보내주는
그 무언가를 발견하게 하는데,
어제는,
기분 좋은 바람.
오늘은,
단잠에 빠지게 된 것.
그 모두를 잊고 맘 편히.

그렇다면 내일은,
그 무엇도 기대하지 않는 마음이면 충분하다.
이를테면 우연을 운명이라 믿는 것.

가난

지갑에 돈이 없어서 쓸쓸한 게 아니라,
가난해서 쓸쓸한 거예요.
그게 그거 아니냐고 묻지는 마세요.
가난은 실재의 부재를 말하는 거니까.

기억을 다 가졌다고 생각했나요?

끝의 시작

사람은 다 변하잖아
라는 말이 우리에겐 없을 줄 알았던 것이,

만남이 있으면 이별도 있잖아
라는 말을 너에게서 들었던 것이,

문이 열리고 문이 닫혔잖아
라는 말도 없이 가버린 것이,

아직 안녕이라고 안 했잖아
라는 말도 못했던 것이,

아무리 힘이 세도 막을 수 없는 것이,
끝의 시작.

위태로운 이야기

쉽게 잠이 오지 않는 밤과
잠이 쉽게 깨지 않는 아침의 반복.

일어나지 않을 일들을 기다리느라
피곤한 날들의 반복.

갑자기 쏟아지는 외로움을
다 찢어져 버린 우산 하나로 겨우겨우
막아내고 있는 날들의 반복.

내 안에서 불안의 씨가 싹트고
점점 자라나고 있는 건
절박함이라는 물을 주고 있기 때문은 아닐까
하는 생각이 반복.

아름답다

이 세상에 외롭지 않은 아름다움은 없다.
하지만
아름다움을 원치 않는다면,
외로움을 빼앗기나요?

가져가세요.

참 좋았는데

머릿속에 있는 생각들이
말로 만들어지지 않을 뿐,

대답으로 적당한 대사를 고르지 못한 나는
눈에 물방울이 고일 뿐,

한 번만 깜빡이면 의도치 않은 장면이
연출 되는 것일 뿐,

당신은 아무런 잘못이 없어요.

당신의 그 말이 아픈 게 아니라,
그냥 내 마음이 아픈 거예요.
그러니, 그냥, 가세요.

내가,
만약,
울고 있어도.

울지 말라고 잡아준 당신의 손이

추워서 얼어있는 내 손보다
더 차가울 테니까.

따뜻한 손을 기대했던 나는
눈에서 흐르는 물이 멈추질 않을 테니까.

바보 멍청이

여보세요, 오랜만이야.
전화를 받는다, 너는.

내가 수화기 너머에서 웃음을 한가득 담고 있는지도 모르고.
들이마신 숨이 갈 곳을 잃을 만큼 긴장해 있는 줄도 모르고.

머리에 떠오른 생각이 입 밖으로 새어 나오지 않도록
단단히 잡아두고, 한마디 말로 대체했다.
바보 멍청이,
나는.

내가 거기로 갈까,
라는 말이 듣고 싶다고 말도 못 하고.

나는 말 한다

너는 말했다,
그거 아냐고.
어떤 일에 너무 간절하면,
매일 밤 꿈속으로까지 찾아와 불안에 떨게 할 거라고.

그리고

나는 말했다.
어떤 이에 너무 간절하면,
사랑이라 착각하지만 결국 이루어질 수 없다고.
간절함은 항상 불안함을 데려오니까.

그리고
나는 말 한다,
매일 밤 너의 꿈을 꾼다고.

피에로의 하루 일과

느린 발라드에 맞춰 춤을 춰본다,
슬픔을 견디는 연습으로.

오늘도 일어나지 않을 일들을 기다려본다,
그리움을 이기는 연습으로.

여느 때와 다르지 않은 밤하늘의 무심함을 사랑하기로 한다,
간절함을 버리는 연습으로.

아무도 없는 컴컴한 방에 불을 켜며 다녀왔습니다, 인사를 한다,
외로움을 없애는 연습으로.

피에로는 오늘도 할 일이 많다.

기다린다

밀물과 썰물인 듯 나는 그대를 소유한 적 없으므로.
향기가 될 건지 냄새가 될 건지 나는 선택한 적 없으므로.

완전한 진심을 입에 담을 용기가 아직 당신은 없으므로.
나는 당신이 맞는데 나도 니가 맞아, 라는 말이 당신은 없으므로.

그래도,
안녕, 이라는 인사 속에 많은 의지와 소망이 담겨 있으므로.
기다린다.

약이 없는데

감기가 다 나은 줄 알고 약을 걸렀는데
기침이 자꾸 나와 긴 밤 내내 뒤척인다.
다 나은 줄 알았는데.

그렇게 홀로 지켜내야 하는 공간에서
나는 또 앓기 시작한다.
약이 다 떨어졌는데.

이별의 면역력을 높이는 방법.
그저 공생하는 것을 받아들이는 것.

무지근한 몸을 이끌고,
기억이 가득한 마음을 못 버리고.
언제, 언제까지.

달보다, 당신이

지금 밤하늘엔
보름달에 아주 조금 모자란 달이
호젓이 자리 잡고 있어요.

바로 어제 보름달이었던 걸까요, 아니면
내일 보름달이 되기를 꿈꾸고 있을까요.

당신은 어떤 생각 하고 있나요.
혹시 나와 같나요.

다음에, 이다음에,
무지개가 뜨는 날.
그 날은 우리 같은 곳에서
같은 무지개를 볼 수 있을까요?

나는 달보다, 무지개보다, 당신이 보고 싶은데.

그리고 침잠

당신과 함께하는 시간을 돌아보며 문득 내 뇌리로 추억들이 떨어진다.
회고.

그런 좋은 기억을 만들어주어서 너무 고맙다고 말해주고 싶어진다.
감사.

어떻게든 그 은혜를 갚을 수만 있다면 정말 좋을 것 같다.
보은.

그래서 내 모든 마음을 담아 당신에게 편지를 쓴다.
선물.

다 쓰고 나니 나는 아주 조금 울고 싶어진다.
침잠.

자유를 꿈꾸는데

나는 아직 꿈에서 깨고 싶지 않은데.
나는 참는 것에 도가 튼 사람이라고 생각했는데.
현실에선 또 어떤 일들이 덮쳐올지 알지도 못하는데.
나는 왜 이리도 벌써부터 서글퍼지는 건지 모르겠는데.

이렇게 밑도 끝도 없이 참아야만 하는 것이라면,
그럴 때마다,
이제,
나는,
어떻게 해야만 하는 건지.

새장 속의 새는 자유를 꿈꾸는데,
문을 열어줄 이가 도대체 아무도 없는 건지.

이제야, 이별

오랜만입니다.
우린 많이 달라졌군요.
그럼요 벌써 수많은 시간이 흘렀는걸요.

나는 내가 알고 있는 예전의 당신을 기다리고 있었는데.
나는 내가 기억하는 예전의 우리를 기대하고 있었는데.

그리고 우린 몰랐었군요.
빛바랜 사랑은 다시 그 색을 찾을 수 없다는 걸.

당신은 저를 향해 문을 활짝 열어 주셨지만,
저는 그 문지방을 넘을 힘이 이제는 없습니다.

정지해 있는 추억과는 다르게 우린 많이도 변했습니다.
나는 더 이상의 그 어떤 말도 이제는 찾을 수가 없습니다.
그저 당신의 안위를 바라는 마음밖에는요,
아무것도 없습니다.

그래, 오랜만이었습니다.

당신의 익숙했던 뒷모습을 다시 한 번 바라봅니다.
그리고 이제야 온전히 보내드릴 수가 있겠습니다.

안녕, 소중했던 나의 사람아.

순간

순수함을 믿었던 순진했던 그 순간,
엄마 앞에서 목 놓아 울어버린 그 순간,
찰나의 행복을 위해 억겁의 시간을 버틴 그 순간,
영원한 이별을 경험하고 영원이 야속하던 그 순간,

그 순간을 잘 견뎌내어 웃고 있는 이 순간,
다시 버틸 수는 없을 것 같아 손사래를 치는 이 순간.

얼음이 얼어 죽으면 어쩌려고

당신은 얼음이 딱딱하고 차갑다고만 했었지.
그 얼음이 왜 그토록 차가워졌는지,
얼마나 시리도록 온몸이 따가웠는지는,
헤아릴 수 없겠지.

당신은 단 한 번이라도
얼음의 정교하고 섬세한 마음을 들여다본 적이 있는가.

녹을 수 없는 이유는 무엇이었는지,
꽁꽁 얼어버리게 누가 그 추운 곳으로 데려간 건지,
궁금했던 적이 있긴 한가.

세상의 환멸과 회의감이 얼음을 얼마나 더 춥게 만들었을지.
그 혹독한 추위에서 벗어나 얼마나 따뜻한 곳을 찾아 헤맸을지.

의심하지 않으면 모를 일이다,
얼음이 그처럼 혼자인 것을.

진정 차가운 것은
얼음의 그런 사정을 알려고 들지 않는 당신일 뿐.

그럴 것이다

당신이 내 인생에서 사라진 지 467일째,
내 머릿속에는 세 가지의 시나리오가 그려진다.

첫째, 나를 본 순간 그저 멍하니 서 있기만 할 것이다.
둘째, 나를 보자마자 이게 얼마 만이냐며
아무렇게 않게 인사할 것이다.
셋째, 나를 보며 그땐 미안했다는 둥 얼버무리며
급하게 나의 근황을 물을 것이다.

세 가지 중 어떤 것이 맞든지 내 가슴은 미어질 것이다.

하지 못한 말

너무나도 잘못 생각하고 있었던 거지.
미련하게도, 우둔하게도.

하고 싶은 말보다 하지 못한 말이 늘어나는 것.

필요한 건 극복 아닌 납득.

마음에 와 닿았어도 소용에 닿지는 못하니까.
필경 이렇게 될 줄 알았어, 라는 말은 싫으니까.
이렇게 참기만 하다 보면 언젠가는 그때 참 잘했어, 라며
스스로 독려하는 날을 만날 테니까.

망각 곡선의 맨 끝점에 다다를 때까지
다시 한 번 참아보기.

이제 그만

우리 왜 자꾸 꿈에서 마주치는 거죠?
여기까지 어쩐 일이에요, 대체.
당신 내 생각을 하고 있나요?
아니면 내가 당신 생각을 하는 걸까요?

뭐가 문제냐구요?
꿈에서 깨면 자꾸 뒤숭숭하니까 문제죠.
안부를 묻고 싶은데 방법이 없으니까 문제죠.
얼굴은 기억이 안 나는데 꿈에서는 알아보니까 더 문제죠.

문제투성이 우리 이제
그만 만나기로 해요.

그렇게 말해 놓고 기다리는 내가 제일 큰 문제네요.

영화 같은 사랑 이야기

좋아하는 영화를 세 번째 관람하면서 느낀 점.

안 보이던 복선이 보인다.
모든 대사에는 의미가 있었다.
주인공이 그때 그 상황에서 왜 그래야만 했는지 납득할 수 있다.

좋아하는 너를 보내면서 느낀 점.

그때 그 장면이 복선이었나 싶다.
모든 장면에는 이제 와서 의미가 없다.
주인공인 우리가 이제 와서 왜 그래야만 하는지 납득할 수 없다.

그리고
이제 세 번은 볼 수 없다.

가끔

혼자 하는 식사도 가끔은 좋던데 난.
특히 후식으로 먹은 포도가 참 맛있었지.
포도라고 포도.

근데 난 혼자 하는 식사보다,
혼자 먹는 포도보다,
혼자 잠드는 밤이,
더 많이,
가끔 좋더라.

가끔이라고 가끔.

고양아, 미안하다

밖에서 고양이가 울고 있다.
많이 슬픈 모양이다.

어쩌지,
고양아.
나는 지금 같이 울어줄 수가 없단다.
그러면 안 된다는 생각을 해.
약함을 들키고 싶지 않은 밤이거든.

인간이란 본디 외로운 존재들이라서
너의 울음에 크게 동요되지 않는단다.

미안하다, 같이 울어줄 수 없는 인간이라서.

인간이란 원래 그런 법이거든.
그런 일들에 익숙해져 가는 게 인간이란다.

이제 조금만 있으면 열두 시야.
또 그렇게 잘 가라고 한 적 없는 하루를 빼앗긴 채,
곧 또 다른 오늘을 만날 시간이란다.

그러니 우리 이제,

울음은 그쳐도 된다는 거야.

오늘의 눈물은 내일이 어루만져 주기도 한단다.

말해 줄 걸 그랬다

여름, 가을, 겨울이 지나고 또다시 봄이 찾아왔다고.
매일 같은 길을 다니지만 매일 다른 냄새를 맡고 있다고.
버티고 버텨보았지만 결국은 나도 이제 달라졌노라고.
크리스마스이브의 새벽에도 이제 나는 외롭지 않다고.

그래도 고맙다는 인사는 잊지 않겠다고.

그리고

우린 모두 실수하려고 살아가고 있지만,
난 실수가 아니었다고.

밤 11시 54분

벽시계가 똑딱똑딱 시간을 새기고 있고,
간신히 보낸 지금은 이미 과거가 되어버렸고,
나는 그사이에 조금은 자라 있을 거라는 희망.
지금도, 미래는 과거로 가고 있을 거라는 생각.

커다란 각오 없이,
그 어떤 부담도 없이.

혼자 하는 사랑에 지쳐
마음이 닳아 없어질 때까지,
나는 그 무엇도 바라지 않을 테니,
부디 돌아오지 않았으면 하는 소망.

벚꽃 잎이 떨어져 지면에 닿는 소리를
들을 수 있을 때까지 기다리지 않기.

그리고 눈을 감았다 뜨면 벌써 내일.

어떤 결말이 비극인지 희극인지
알 수 없는 내일.

그렇게, 그랬던, 봄

하루에 30분씩 햇볕을 쬐는 것
그렇게 비타민을 보충하는 것

하루에 한 줄씩 글을 쓰는 것
그렇게 마음을 점검하는 것

하루에 한 시간씩 산책하는 것
그렇게 생각을 정리하는 것

하루에 딱 한 번만 그리워하는 것
그렇게 내 마음대로 이별을 유보하는 것

그렇게, 그렇게 지내다 보면 어느새
봄에 한 발 다가설 수 있다.

어느 날 갑자기

내일 아침 내가 눈을 떠야 할 이유 하나를 잃고 나니
일어나야 할 이유를 잃었고,
가야 할 길을 잃었고,
웃음의 여유를 잃었고,
삶의 열정을 잃었고,
내일의 그 모든 이유를 잃었다.

꽃은 소리 내어 시들지 않는다.
그저 조용히, 시들어간다.

가끔은 소리가 났으면 하기도 한데.

누가 좀 대신해 주었으면

아침에 일어나는 일
시험공부 하는 일
치과 가는 일
출산하는 일
회사에서 혼나는 일
양파를 까는 일
혼자 밥 먹고 설거지하는 일
보고 싶어도 참는 일
참는 것밖에 할 수 없음을 받아들이는 일
그리고
기억에서 지우는 일
외로워지는 일

누가 해주지 않는 일
어느 누구에게도 부탁할 수 없는 나만의 일

그래도 한 번쯤은 누군가가 대신해 주었으면 하는 일
수많은 일들 중 하나이므로 별거 아니라고 생각하면 되는 일

그래도

가슴이 아려오는 일

그래서

양파를 까다가 우는 일

그렇게

너무 매워서 펑펑 울어버리는 일

개인정보 유출

술은 몸에 안 맞음. 대신 커피를 좋아함. 음식은 가리지 않는 편.
음악 들으며 걷는 걸 좋아함. 자는 것도 좋아함. 멍하니 있는
시간 필요함. 비 오는 날을 싫어함. 추위를 잘 타지만 여름보다
겨울을 좋아함.

속이 자주 쓰린 것이 고민
쓸데없이 기억력이 좋은 것이 고민
요즘 웃는 게 진짜 웃음이 아닌 게 고민
혼자가 편해서 사람들과의 만남이 줄어들어 고민
자꾸 그러다 편협한 사고방식으로 굳어져 가는 게 아닐까 고민

기억하고 싶지 않은 일들이 자꾸 떠올라서 고민
그 때문에 자꾸 잠이랑은 멀어지는 것 같아서 고민
그렇게 천장만 바라보다가 사랑에 빠질 것 같아서 고민
천장이 아니라 다른 대상이 되었으면 하는 게 가장 큰 고민

그래서 그래

너는 왜 내게 꽁꽁 감추기만 하냐고 물었지.
나는 왜 그럴 수밖에 없었을까.

어렵게 꺼내놓은 내 말이 너는 쉽게 들릴까 봐.

무겁게 꺼내놓은 내 마음이 너에게는 가볍게 닿을까 봐.

슬프게 꺼내놓은 내 얘기를 듣는 너의 눈이
벌써 예상이 되어 내가 더 슬퍼질까 봐, 그래.

내 아픔은 나만의 것임을 또 잊고 실망하게 될까 봐,
그래.

유통기한

오늘 유통기한이 지난 우유를 버렸다.
그리고 생각한다.

아끼지 말았어야 할 것을 아끼게 되면
결국 이렇게 허무하게 버려진다고.
버려야 할 우유를 마시면 탈이 난다고.

사랑이라고 다를 거 없다고.

그리움을 이기는 방법

그리움을 이기는 방법은 아마 없을지도 몰라요.
그저 견디는 수밖엔.

싸워도 항상 질 게 뻔하니까,
그저 항복하는 수밖엔.

파도가 거칠면 배를 타지 않는 수밖엔.

추운데

지난날, 당신이, 추운 겨울날에, 길을 걷다가,
무심코 던진 말이, 생각나 무심코 걷지를 못하고 있다.
집에 가야 하는데.
큰일이다.
추운데.

그래도 언젠가는

소실점에서 눈을 뗄 수 없을 때,
나는 생각했다.
아니 소망했다.
평행한 두 선이 언젠가는 만날 수도 있다는
어쩌면 너무 큰 희망.

두 갈래의 길 중에 우리는
어느 쪽으로 가게 될까.
둘 중 한 사람만 좌회전 또는 우회전하면 되는데.
그게 안 되면 영원히 만날 수 없는 우리들인데.

무슨 일이든 일어날 테니 너무 걱정하지 말기.
아직 가보지 않은 그 길은 우리의 것이 아니니까.

그런 셈

우리 이제 어디로 가야 해요?

들을 수 없었던 대답이 대답인 셈.

그렇게 수긍을 한 셈
그렇게 비극은 시작된 셈
그렇게 모든 게 끝나버린 셈
그렇게 추억은 옅어져 가는 셈
그렇게 했던 시작도 없어져 버린 셈
그렇게 우리는 모르는 사람이 되어버린 셈
그렇게 모든 일은 지구 저편의 일이 되어버린 셈
그런 셈.

나만 몰랐던 이야기

나만 알았던 이야기

꾹꾹 눌러 담았던 이야기
그걸 꺼내 놓지 않아야 되는 줄 알았나 봐.
그래야 어른이라고 착각했나 봐.
근데 그냥 얘기할까 봐.

나는 아주 많이 서러웠고, 어두웠고, 외로웠다고.
꺼내보려고 해.
목이 잠겨 말끝이 자꾸만 흐려지던 이야기
이제는 끝까지 들려줄 수 있다고, 다치지 않을 자신이 있다고.
난 무뎌진 게 아니라 강해진 거라고.

얘기하려고 해.
삶의 참담함으로부터 도망친 게 아니라 친구가 되었다고.
두 번 이상 만났다는 건 친구라고 할 수 있죠, 라고.
이제야 비로소 어른이 되었다고.

나만 몰랐던 이야기

여기 이렇게

나에게 묻는다면 가지 말라고 대답하겠다.
그러나 너는 묻지 않았다.

나는 아직 여기 서 있다.
이렇게,
말 없는 슬픔을 가지고 이렇게.
안심찮은 마음을 가지고 이렇게.

꼭 그래야만 되는데

믿었던 것들이 미워지기 시작하면,
앞으로 믿어야 할, 수많은 것들에게 회의감을 안고 시작하니까.

그러면 안 되는 건데.

그럴 이유가 없었던 날들이 미움을 사게 되면,
사랑이 맞을까 아닐까 의심만 하다가 끝나 버리니까.

그러면 안 되는 건데.

앞으로 그런 날들에 대한 책임은 나의 소관이 아니라는 생각에
외면하게 되어버리니까.
그리고
모조리 없던 일이 되어버리니까.

그러면 안 됐었는데.

불 꺼진 집으로 돌아가는 일이 언제쯤이나 익숙해지는 걸까.
꼭 그래야만 되는데.

살기 위해서

노크도 하지 않고 허락 없이 내 방에 들어오더니,
이제는 내 모든 일상 속에 눌러앉아 버렸다.

그리움.
수용할 수 없는.

그 방을 내가 나가는 수밖에.

한동안 다시 볼 수 없을 거예요.
더 이상 그 누구도 그리워하지 않을 그곳으로 떠나요.
그래야 숨 쉴 수 있을 테니까.

난 살고 싶어요.

언젠간 알게 돼

사랑이 뭘까?
너는 물었지.

나는 말했지.
나도 잘 모르겠는데,
그 질문에 답할 순 없어도,
자신 있게 해줄 수 있는 말은 있다고.

그 질문을 하지 않을 때에야 비로소
너는 사랑이 뭔지 알게 될 거라고.

안녕하신가요

유유히 떠 있는 구름을 보면서 눈시울이 붉어지면
너는 또 놀리겠지?
정말이야, 하늘이 너무 예뻤다니까.
항상 하늘이 웃을 수만 있다면 얼마나 좋을까.

그래서 참 고마워.
오늘 하늘이 참 다정해서 난 안심이 돼.
나를 위한 미소를 알아버린 그런 벅찬 마음이랄까.

그 뒤로 습관이 하나 생겼지.
날씨가 좋은 날에는,
땅거미가 내리기 전에 꼭 밖에 나가서 하늘을 올려다보기.
단 한 번뿐인 오늘의 구름 표정을 짐작해보느라
한참을 서 있곤 하지.

그럴 때마다 나는 들리거든.
편안한 이곳에서 잘 쉬고 있으니 걱정 말라고.
그럼 나는 대답하지.
저도 열심히 행복해 볼게요, 라고.

뭐야, 우는 거야?
네가 왜 우니, 바보.

지독한 가을 모기

때아닌 가을 모기와 사투를 벌이다가
불현듯 생각난 생각.
간절히 원했던 만남이
간절한 이별이 되기도 한다는 것.

자꾸만 부정하려 했던 그 물음과 대답.
애써 되뇌지 않으려 꾹꾹 눌러 담은 마음.
그러다 못 견디고 깨져버린 망실의 파편.
의도치 않은 실념.
그러다 서운해져 버리는 몰각.

그렇게 떠올리는 것은
다시 한 번 기억하기 위해서가 아니라,
다시 한 번 망각하기 위해서.

그 사이
결국 모기에게 물려 나는 운다.
너무너무 억울해서 나는 운다.
허락한 적 없는 나의 피를 빼앗겨 운다.
모기에게 진 것 같아 서러워서 결국 엉엉 울어버린다.

그럴 수 있어요?

밖은 춥잖아요,
덜덜 떨기 싫어요.
안에서 따뜻하게 있을래요.

달님은 외롭잖아요,
혼자 있지 않을래요.
별이 될래요.

바람은 쓸쓸하잖아요,
그곳으로 따라가지 않을래요.
여기 머물겠어요.

구름은 모양이 자꾸 바뀌잖아요,
변치 않고 싶어요.
하늘 말고 땅에 있을래요.

꽃은 아름답잖아요,
영원히 시들지 않을래요.

그럴 수는 없나요?

나는 아무도 기다리지 않는다

나는 창밖을 바라본다, 아무도 나를 보지 않는다.
나는 핸드폰을 본다, 아무 연락도 와 있지 않았다.
나는 거리로 나간다, 아무도 마주치지 않는다.
나는 지하철을 탄다, 아무도 나에게 관심이 없다.
나는 지하철에서 내린다, 이 도시에서 나는 혼자다.
나는 다시 집으로 간다, 나는 또다시 혼자다.

나는 아무도 기다리지 않는다.

그리고 또 하나

우리가 처음 만난 곳
처음 손을 잡던 날
우울할 땐 드라이브
브릿 팝보다 신디 팝
멜로보다 액션
콜라 말고 사이다
햄버거보단 샌드위치
김치찌개엔 참치
아이스크림은 초코 말고 딸기
커피는 겨울에도 차갑게.

그리고 또 하나
당신의 환한 미소
잊어버리지 말기.

안녕

처음 우리가 만날 때,
다름은 같음으로.

사랑이 작별인사를 할 때,
같음은 다름으로 귀결되는 것.

하나의 사랑을 서로 다르게 기억하는 것.
같은 사랑은 같은 추억이 될 수 없다는 것.
둘이 함께했지만 똑같은 크기로 남는 사랑은 없다는 것.

내 사랑은 다를 거라는 착각과
납득할 수 없는 그에 반하는 상황.
이제야 인정할 수 있는 것들.

안녕은 그렇게 미워지기도 한다.

지금 뭐 해?

지금 밖에 비가 온다고
바람도 함께 분다고
빗소리가 너무 커 무섭다고
밤새 퍼붓던 비가 이내 그쳤다고
하늘이 맑아졌다고
구름이 예쁘다고
통통하게 살이 오른 뭉게구름이 기분 좋아 보인다고
오늘 하늘은 별이 참 많다고
조각달이 여물어 가는데 지금 뭐 하고 있냐고.

전화해 볼까.

내 몫

침묵을 듣는다.
그리고 생각한다.
외로움은 분명 귤도 아니고 사과도 아니다.
아무리 나누어 주어도 내 몫은 줄어들지 않는다.

지금 침묵을 나누어 듣고 있는데도,
그 또한 귤도 아니고 사과도 아니다.
내 몫은 그대로다.

그렇게 침묵은
그렇게 외로움은
각자의 몫을 하라고 말한다.
나눠 가질 수 없다고 말한다.

마주치다

순간 푸른 하늘과 눈이 마주쳤다.
하늘에 떠 있는 구름도 나를 보고 있고,
그 사이를 뚫은 태양까지도 나를 보고 있다.

그 빛에 눈이 부셔 고개를 떨어뜨린 나는
다시 한 번 땅과 눈이 마주쳤다.
땅 위에 벤치도, 나무도, 그 옆을 지나가는 고양이도,
나를 보고 있다.

모두가 나를 볼 때,
나는 너만 보는데.
어디 있는지 계속 찾으면서.

나는 널 이렇게나 좋아하는데,
너는 왜 나를 아프게만 하니,
궁금해하면서.
원망해하면서.

오늘도 나는

미움 받는 게 무서워
오늘도 나는 가만히 있는다.

그렇게 마른 상처는
알아서 떨어져 나갔다.

못 참고 떼어냈으면
피가 날 뻔했다.

이제 불길함은 없다.
아름다워지고 싶지 않으니까.

날씨가 나빴다

오늘은 날씨가 나쁘다.
태양은 어디에 숨어 있는지 밝음은 없고 바람만 있다.
이따금 천둥 번개와 함께 화를 내기도 한다.
금방이라도 곧 울음을 터트릴 것처럼 하늘의 표정이 어둡다.

그런 하늘에 내 기분은 동요되어 똑같이 따라 한다.
밝음은 쏙 감추고 어두컴컴하다.
쌩쌩 찬바람이 불고 비는 눈물로 대신한다.
그렇게 비와 함께 울었다.
그칠 줄 모르는 비와 함께 오래오래 울었다.

나의 기분은 지금도, 조금도 밝아지지 않는다.

오늘은 날씨가 나빴다.

두 발 자전거

두 발 자전거를 배우면서,
몇 번이고 넘어지면서,
팔과 다리는 만신창이가 되면서,
어떻게든 페달을 굴려보려고,
어떻게든 앞으로 나아가보려고,
그렇게까지 자전거를 타고 싶다는 일념.
어릴 때 이야기.

지금은 엎어지고 깨지기가 무서운 거지.
몸을 사리고, 마음을 사리는 건 늘 어른들의 몫이지.

세게 넘어지면 피가 나는 걸 아니까,
이제 갈색 약을 바를 나이는 지났으니까,
속상해하며 발라줄 사람은 더더욱 없으니까.

그 사실을 인정할 수 있을 때,
그리고 서운해지지 않음을 알아차릴 때,
그때 우리 조금은 초연해져도 된다는 것.
커서 알게 된 이야기.

위로의 방법

힘내.
더 한 일도 겪었으면서 뭘,
원래 이렇게 약하지 않잖아,
라고 말했다, 당신은 나를 잘 모르면서.

많이 이겨내 봤다고 왜 자꾸만 더한 상대를 만나야 하나요.
싸우느라 진이 다 빠졌는데.

어려움을 많이 겪어 보면요,
쉬운 일은 절대 없다는 생각에 점점 더 겁이 많아져요.

힘들어 본 사람이 잘 헤쳐 나갈 수 있다고 말했었죠.
너무 많이 힘들어 본 사람은요, 남아있는 힘이 없어요.
이미 다 써버렸단 말이에요.
잘 알지도 못하면서.

비옥하지 못한 땅에서 무슨 싹을 틔울 수 있을까요.
어떻게 다정할 수 있나요.
긍정적인 마음가짐은 긍정적인 상황에서 비롯되는 거예요.
아시겠어요?

무조건 힘내라는 말은 너무 가혹해요.
힘이 안 나면 축 처져 있어도 된다고,
그렇게 충전해도 괜찮다고 말해주세요.
위로는 그렇게 하는 거예요.

열쇠

열쇠를 잃어버렸다.
집에 들어갈 수가 없다.
그냥 밖에 서 있다.
기다려도 오지 않을 열쇠를 기다리며.

기다림의 단계

기다림의 제1단계 설렘
가슴이 뛰어, 잠 못 이루는 밤들이 많다.

기다림의 제2단계 초조
아마 그리움의 시작이라 부를 수 있겠다.

기다림의 제3단계 피로
생각의 여러 가지 방향에서 헤매고 있다.

기다림의 제4단계 침울
가장 부자연스러운 이성을 창조해낸다.

기다림의 제5단계 마비
모든 사람과 사물에게서 그 사람을 찾는다.

기다림의 제6단계 불신
의심이 차곡차곡 쌓인 탑의 맨 위층이 비로소 완성된다.

기다림의 마지막 단계 단념
마치 헤매다가 보물찾기에 성공한 듯 정답을 발견해낸다.

그리고 단념에서 시작된 체념.

햇빛은 알고 있다

내가 그 기억 속에 아직도 머물러 있게 한 그 햇빛은
명백한 공범이다.
내가 그 기억을 아직도 잊을 수 없는 이유는,
그날의 햇빛.

눈이 부셔서 살며시 감았다 떠도 내 앞에 있을 것을 약속한
그 햇빛.
세상이 잿빛으로 덮이기 전에 열심히 다가올 밤을 시위하던
그 햇빛.

겨울이 오기를 거부하는 고즈넉한 늦가을의 오후와 함께
약간의 우울함을 가져다주기도 했던,
그 햇빛을 잊지 않을 것이다.
그날, 그곳의 냄새까지도.

시간이 함부로 데려가지 못하게 나는 내 기억의 출구에서
그날의 그 햇빛을 파수한다.

어디로든 빠져나가지 못하게,
영원히 머물러 있게.

몰라, 우리 헤어지지 마.
나의 부끄러운 이별을 목격했으면서 울지도 못하게
너무 환했던 고마운 햇빛.

그 햇빛과 나만이 간직한 비밀은
그렇게도 환히 비춰주었으니 이제는 감춰줄 거라 믿기에.

나는 아직 이곳에 서 있고,
햇빛은 아직 그 자리에 머무른다.
우리는 그날의 비밀과 기다림을 공유한다.

안녕, 볼펜

　소설책을 필사하다가 갑자기 두 번, 세 번씩 써도 글자가 손을 따라가지 않길래, 조금 더 애써보다가 마지막까지 힘을 쥐어짜 내도 볼펜의 잉크가 책임을 다하였고, 이젠 끝이 보임을 인정하고는 우리는 이별을 직감했다.

이제 마지막 인사를 해야 할 차례다.
정말 많은 양의 글씨를 써주었던 기특하고 대견한 볼펜에게.

그동안 힘들었을 거라고, 고생 많았다고,
너의 노고를 안다고, 다 안다고.
하지만 난 너의 덕분에 많은 글을 쓸 수 있었고
지혜를 얻을 수가 있었다고, 고맙다고 참 고맙다고.
안녕.

나와 인사를 마친 볼펜은
그렇게 수고를 마친 볼펜들이 있는 곳으로 향한다.
내 세 번째 손가락에 굳은살과 함께한 그들은 벌써 대가족이다.
그들끼리 또 환영회를 할 테고 새로운 가족이 생겼음에
기뻐할 것이다. 그리고 꼬옥 안아주면서 이렇게 말할 것이다.

여기까지 잘 왔다고, 이제 다 끝났다고.
그리고 이제 우리는 쉬자고,
열심히 일했으니 이제는 좀 편안해져도 된다고.
비어 있는 곳은 또 다른 것으로 채우면 된다고, 수고했다고.

혼자서도 잘해요

혼자 할 수 있어요, 사랑.
당신은 당신이 원할 때는 나를 부르고,
또
당신이 원할 때는 나를 나 몰라라 하니까.
그렇게 나는 원래 혼자니까.

혼자서도 잘해요,
혼자서도 잘 울고.

해볼 만해

사랑에 빠지면 세상 모든 게 다 아름다워 보이지.
그러다 그 사랑에서 빠져나오게 되면 아름다웠던 그 모든 게
다시 제자리에 있지 않고 더 멀리 가 있는 거지.
더 아름답지 않은 곳으로.
다시 제자리를 찾아오기까지 시간이 꽤 오래 걸릴 거야.
그게 문제인 거야.

그래도 해볼 만해.
한 번이라도 덜 아름다운 걸 더 아름답게 볼 수 있는 기회니까.
그 아름다움을 본 적이 있는 사람은 중독이 되어버릴 정도니까.

그러나 조심해야 해.
사랑에는 아픔이 숨어 있으니까.
그곳에서 부디 길을 잃어도 무사히 잘 찾아오길 바라.
도착지에는 분명 성숙이 기다리고 있어.

이상적 행복

이상적인 행복이 무한대로 지속될 수는 없다.
불행은 그 틈을 타고 언제든지 끼어들기 마련이니까.

그토록 이상할 것 없는 궤도에 서서 불평하지 말라.
우리는 별 탈 없이 잘 지내는 것만으로도
행복을 만끽하고 있는 중이니까.

불행 속에서 그것만을 바라본 사람만이 안다.

어떤 일에 분격해하지도, 절망해하지도 않는
평범함이 지속된다면 기뻐할 일이다.
그러니 아무 일도 일어나지 않는 날을 너무 미워하지 말라.
그런 날들에 유재하고 있음을 감사하라.

행복이 지나가면 불행이 찾아올지도 모른다, 하지만
불행이 지나가면 아무 일 없음이 된다.
나는 그런 날들을 행복이라 부르기로 했다.

눈과 딸기

딸꾹.

밥을 먹어도 허기가 져서 어제 사 놓은 딸기를 씻었다.

그리고 밖에는 눈이 내렸다.

두 눈에 담고 싶은 눈이었다. 예뻤다.

눈과 딸기.

눈을 보면서 딸기를 먹었다.

생각지 못한 조합은 꽤나 신선했다.

눈발이 사선으로 강하게 날리기 시작한다.

창문 밖의 사람들은 죄인처럼 몸을 웅크리고 지나간다.

안에서 보는 눈은 예쁜데 맞는 눈은 예쁘지 않겠지, 생각한다.

딸기를 먹으면서.

그리고 그 누군가를 생각한다.

딸기를 다 먹고서.

딸꾹.

우리는 눈이 오는 날 헤어졌다.

왜 이렇게 허기가 지는지 몰랐는데 이제 알겠다.

화가 난다.

딸꾹질이 멈추지 않는 것보다도 더.

아침이 없다

나는 아직 노래를 멈추지 않았는데,
스피커가 고장이 난 건가.

나는 아직 문제를 다 풀지 못했는데,
벌써 시간이 다 된 건가.

미시오를 못 보고 당기시오를 해버렸는데,
그래서 문이 열리지 않았던 건가.

닫힌 문을 바라보며 누가 열어주길 기다렸는데,
내가 우둔했던 건가.

시계가 고장이 난 건가,
왜 아침은 안 오는가.

잠과 친해지는 방법

이리저리 노력해 봐도 잠의 요정들은 찾아올 생각을 하지 않고,
짜증 섞인 뒤척임에 지쳐버린 새벽 다섯 시, 하품을 한 번.

나만 혼자 깨어있는 것 같아 억울한 이 시간에
조용히 티브이를 켜고 벼르고 있던 영화를 켰는데,
이미 흐트러진 집중력은 그조차 허락되질 않아
흐느적거리는 몸을 이끌고 베란다로 나가
어스름에 물든 바깥세상을 구경하는데.

다정하게 손을 잡고 걸어가는 노부부가
동트기 전의 찬란함을 대변하듯 조용하게,
조심스럽게 내 억울함을 달래준다.
괜찮다고 아직은 괜찮다고.
깨어있는 이들의 다정한 속삭임이 들려오고
나는 외로움을 누그러뜨려 본다.

사연을 알 수 없는 이들에게서 온기를 느껴 보는 게
기실 너무 오랜만이라,
알 수 없는 울컥거림에 얼른 마음을 진정시켜본다.

가끔, 지금, 이곳이
예측할 수 없는 인간세계라는 사실이 서글퍼질 때,
새벽 다섯 시에 창문을 열고 여명이 밝아오는 그림을
가만히 지켜볼 것.
그곳으로 지나가는 모르는 사람들에게 혼자서 조용히
위로를 구해 볼 것.
갓밝이의 고요함을 뚫고,
힘겹게 굽이굽이 오르는 마을버스에게
마음을 기대어 볼 것.

어떤 자랑도 늘어놓지 않고, 함부로 충고도 건네지 않으며,
변하지 않을 그 자리, 그곳에서,
그 어떤 것을 하지 않아도,
그저 마음이 너른 사람을 보는 것만으로도,
그저 마음이 맑아지는 기분을 느끼는 것만으로도,
우리는 배우고 있다는 것.
세상 살아가는 데는 모두가 스승과 제자이므로.

하품을 두 번.
이제 자러 가야지,
비켜 줘야지,
슬슬 저 노부부가 세상을 맞이할 시간이니까.

파리와 모기

그녀는 갑자기 부아가 돋은 얼굴로 파리채를 집어 들었다.

파리는 잘못이 없잖아.
- 귀찮게 하잖아.
그냥 놔둬, 피해를 주진 않잖아, 모기처럼 물지도 않고.
- 그냥 신경 쓰여.
　자꾸 주위에 맴돌면서 잡으려 하면 도망가는 것.
　어디로 갔는지 찾으면 또 눈에 안 보이는 것.
　이러지도 저러지도 못하게 자꾸 헷갈리는 것.
　그러다가 어느 틈에 사라져 버리는 것.
　그게 피해야.

차라리 물었으면 좋겠는 거야?
따끔하고 가려운 거? 많이 긁으면 가끔 피도 나는 거?
그래서 아픈 거?
- 그게 사랑이야.
　.
　.

그러다 모기를 정말로 사랑하게 되면 어쩌려고 그래.

2월 29일

궁금해요,
여기는 어딘지, 우리는 어느 쪽을 바라보고 있는지.

방향을 잃어요,
지도는 없는데 계속 가야만 해요.

어지러워요,
방법을 모르는데 움직여야 하다니.

가르쳐줘요,
우리는 지금 몇 월쯤 와 있나요?
계속 이렇게 가면 되는 건가요?

계속해서 가다 보면 2월 29일을 만날 수 있을까요?
앞으로 몇 번이나 만날 수 있을까요?
4년에 한 번인데.

지금 할 수 있는 건
옳은 방향으로 가고 있다고 믿는 것밖에.
2월 29일이 돌아올 때까지.

집순이의 정당화

뭐 그럴 때도 있는 거지,
넘기기엔 너무 무겁잖아.
난 그래, 너무 버거워.
사소한 말들에 상처받는 건
이제 지겨워.

나이가 들수록 단단해지는 법이라던데,
벤자민 버튼의 시간처럼 왜 자꾸만 뒤로 가는 걸까.
계속해 연약해지는 나는
사람도 무섭고,
가는 시간도 무섭고,
변해가는 모든 것들이 무서워.
자의 반 타의 반 은둔형 외톨이가 되어버린 나는
차라리 이게 즐거워.

낮에

낮에 하는 인사는 맵다.
낮에 보는 너는 어젯밤과 달랐다.
낮에는 와인 한 모금에도 쉽게 취하는 법이다.

낮에 니가 떠나면 나는 울지 못한다.
지금 들리는 김광석 님의 노래가 아무리 슬퍼도.

낮과 밤이 같은 색으로 물들기 전까지
기다려야만 한다.

잊어야 한다는 마음으로
기다려야만 한다.

아무도, 아무것도

내가 바라는 마음을 들려주면 너는,
멀어지게 될까 봐,
조용히 있는 나는,
그게 참 견디기 힘이 들더라.

오후 2시 55분의 지금, 지금의 나는
아욱국을 끓여 점심을 먹고 나른함 속에서
책을 볼까, 영화를 볼까, 음악을 들을까, 고민을 해.
아니면 낮잠을 자 버릴까.

그러니까 내 말은
하고 싶은 게 많다는 게 아니라,
하고 싶은 게 없다는 거야.

그러니까 내 마음은
아무도 없는 게 아니라
아무도 없는 게
좋을 수도 있다는 거야.

거짓말쟁이

그가 처음 사랑한다고 말했을 때 진심이야? 라고 의심했다.
그가 처음 헤어지자고 말했을 때 진심이야? 라고 또 의심했다.

그가 처음 다시 만나자고 연락이 왔을 때 거짓말이야,
라고 말했다.
그가 처음 다시 만난 후 이별을 말할 때 넌 거짓말쟁이야,
라고 말했다.

아직도 그를 잊지 못하는 내 마음이 넌 거짓말쟁이야,
라고 말한다.

그렇게 나는,
나를,
그를,
사랑을,
세상을,
믿지 못하게 된다.

질문 하나만요

어제는 혼자 백화점에 갔어요.
- 그래요?

기분이 좋아서 맘에 드는 비싼 겨울코트를
그냥 사버렸지 뭐예요.
- 그랬어요?

그 무거운 걸 들고 집에 오는데, 앞으로도 이렇게
무거운 짐을 들 때면 혼자여야 하는 건가 좀 허무했어요.
- 그랬군요.

크리스마스를 며칠 앞두고 눈보라가 땅에 미처 닿기도 전에
사라져 버리는 것처럼요.
- 그래요.

그 예쁜 눈보라를, 예쁘긴 해도 세상에는 서툰 그 눈보라를,
혼자 바라보다 끝난 것처럼요.
- 그랬군요.

그래서 왔어요. 당신도 나처럼 이렇게 혼자인지 알고 싶어서.

— · · · .

슬퍼하지 말아요

많이 슬퍼요?
- 많이 슬퍼요.

견딜 수 없어요?
- 견딜 수 없어요.

알아요, 다 알아요.
이 세상이 나에게 원하는 게 뭔지 자꾸 숨기는 거죠.
얘기는 안 해주면서, 꼭꼭 숨기기만 하면서
나를 더 꽁꽁 싸매게 만들죠.
그러면서도 놀랍도록, 아주 놀랍도록 무심하기만 해요, 맞죠?

사랑하는 사람을 떠나보내고
하늘을 올려다본 적 있나요?
이제 볼 수 없다는 생각을 하면
견딜 수 없는 고독함에 몸부림치는 거죠.
몰랐다면 좋았을 그런 마음 벌써 알아버린 것을
억울해하는 거죠.
그렇게 비탄에 잠겨 누군가가 미워지고,
그 누군가는 결국 이 세상 모두가 돼 버리고 말죠.

다들 그렇게 살아요,
라는 말은 말아요.

오늘도 열심히 싸우죠.
약한 나를 지키기 위해,
약한 내가 조금만 울기 위해.

견딜 수 없어도,
견딜 수 없었어도.

어떻게 알았냐구요?
슬픈 장면을 많이 본 거겠죠, 눈이 슬프다는 건.
당신도, 나처럼.

나 좀 봐 주라

나를 행복하게 하는 법은 간단한데
왜 알지를 못하는지.
알고 싶지를 않는 건지는 몰라도
왜 나는 알려주고 싶은 건지.

아직 나는 여기에 있고,
움직일 수 없는 한 송이의 꽃인데,
향기를 아직 못 맡은 건지,
눈에 띌 정도로 아름답지 않은 건지.

다른 이들은 잘 만 보러 와 주던데.

하긴,
불행을 응시하는 것은
불행하지 않은 자들의 몫이기에.

꽃보라처럼

어제 살랑이는 봄바람에 흐드러지게 떨어지는
꽃보라를 보았나요?
그게 어떻게 예쁘게만 보였겠어요, 당연히 슬프지.

오늘쯤은 아마 점점 쌓여가는 꽃잎이 길을 온통 뒤덮었겠죠.
그 길을 어찌 걸을 수가 있나요, 밟고 지나칠 수 있나요?
한때 우리의 마음을 뒤흔들었는데.

우리가 서로 이해할 수는 없어도,
이어질 수는 있잖아요.

꽃보라처럼.
아름답게, 강렬하게.
그리고 포근하게.

결국

이미 지나간 과거에 슬퍼하고 있는 나를 발견해도
그냥 눈감아 주기를.
이 또한 어제가 될 테니.

잠을 많이 잔다며 나무라지 말고, 다독여주기를.
몸과 마음 둘 중 하나가 아픈 것일 테니.

담고 있는 얘기를 왜 꺼내지 않으냐며 답답해하지 말고,
그냥 참고 기다려 주기를.
마음이 열린다면 보채지 않아도 언젠가 들을 수 있을 테니.

이 아름다운 노래를 유행에 뒤처진다고 생각 말고,
가사에 내 마음이 위로받고 있음으로 따뜻해질 수 있기를.

오래될수록 색은 진해지고 향기는 멀리까지 손 뻗을 수 있음을,
꼭 알게 되기를.

이 아름다운 영화가 지루하다 생각하지 말아 주기를.
끝나고 나면 자꾸만 곱씹게 되는 당신을 발견할 수 있을 테니.

때가 되면 결국 모두 자기 자리로 돌아간다는 걸
우리는 알고 있으니,
이미 알고 있을 테니.

밤길을 걷다가

어스름 달빛 속에 밤길을 걷는다.
모두 각자의 자리에서
만족스럽게 잠들어 있다.
깨우지 말아요, 고요히 속삭인다.
자신들의 역할을 아주 잘 이해하면서.

이 밤이 아름다운 건,
이 밤의 정적을, 차분함을,
함께 나눌 사람이 있다고 생각하고 싶어서.
그렇게 혼자가 아님을 확인받고 싶어서.

이 밤의, 잠들어 있는 모두는
가만가만, 빛나는 신념을 가지고 있으니
어쩌면 그게 부러워서.

오늘도 아는 것을 모르는 척하고 지나가는
하나의 생명체로 살았기를.

기다려라

아름다움이 두려운가?
그럼 아직 늦은 게 아니다.

마음이 소란스러워질 때까지 기다려라.
그때 마음 있는 곳을 찾을 수 있을 테니.

사람은 바람 없이, 햇살 없이,
거기에 소리 없이 떨어지는 꽃잎 없이
살 수 없다.

방법이 없다

배가 고팠다
밥을 먹었다

배가 아팠다
약을 먹었다

감기에 걸렸다
누워서 쉬었다

먹을 게 없다
마트에 갔다

친구와 싸웠다
화해를 청했다

영화가 슬펐다
눈물을 흘렸다

그가 보고 싶다
해결 방법 없다

그게 아니고

보일러가 고장 나서 운다는 어떤 노래 가사처럼,
차라리 그런 날이 있었으면 했는데,
오늘이 그런 날은 아닌데,
보일러가 고장 났다.
나는 울었다.
추웠다,
너는.

의지와 상관없이

해가 지고 있는 듯 잔양이 너무 강렬해
눈을 제대로 뜰 수가 없을 때,
해는 안녕을 말할 때 가장 빛나는 존재구나 싶어,
그냥 갑자기 걸음을 멈추게 된다거나.

기다리지도 않는 버스를 몇 번이나 눈인사로 보내고,
안 탈 거예요, 괜히 기사님께 죄송한 마음을 숨기고,
버스정류장에 앉아
시간 가는 줄 모르는 시간을 보내게 된다거나,
하는 그런 일상을 보내고 있을 때.

배고프면 먹고 졸리면 눕는.
무료하더라도 그런 날도 있어야 하니까.
그렇게 아무것도 하지 않는 상태에서도 무언가를 찾는 소소함이
아무것도 하지 않음은 없다고 말해 주니까.

의지와 상관없이 가야 하는 길이 인생엔 있으니까.

여기 없잖아요

아무리 울어도 들어줄 사람이 없으면,
아이들은 소리 내어 울지 않는단다.
그리하여 오늘 하루도 잘 참았다.

아직 덜 컸다.

생각지 못한 조개의 아픔

조개도 아프면 치료를 받을 수 있다고 해.
알고 있었니?

어쩌면 조개구이에서 생기는 물은 조개의 눈물일지도 몰라.
아프다고, 너무 뜨겁다고 소리치고 있는 중일지도 몰라.

우린 그런 조개의 아픔을 너무 간과했던 거야,
미안하게도.
그렇게 조개는 단단한 껍데기로 자신의 약한 모습을
감추고 있었던 거야,
기특하게도.
그런 겉모습에 우리는 단단히 오해를 하고 있었던 거야,
바보 같게도.

그런 조개의 마음을 조금은 이해해주면 어떨까?

내가 많이 딱딱하게 굴었다면 미안해.
연약한 조개의 맘 헤아릴 수 있을 것 같아 이해해.

그런 내 마음도 조금은 이해해주면 어떨까 기대해.

꿈

잠결에 빗소리, 천둥소리가 들렸고, 꿈을 꾸었다.
다시 학교로 돌아갔고, 심난하기 그지없다.

몽매에도 알 수 있었다, 이것은 꿈.
어렵게 든 잠은 쉽게 깨어나지 않았다.

비를 뚫고, 천둥을 뚫고,
어렵게, 어렵게 찾아갔는데 왜 심난하게 만드나?

자유, 시간

원치 않는 자유는 곧 속박이다.

나는 어디에도, 누구에게도 얽매이지 않은 자유로운 사람이지만,
그게 때로는 속박이 될 수 있다는 걸 알아버렸다.

자유라는 건, 원하고 있을 때만 해당된다는 것도.

꼬마 이야기

아빠의 생일 선물로 뭘 고를지 몰라 담배를 사던 7살 꼬마,
그러곤 아빠의 웃는 얼굴을 보니 좋아 어쩔 줄 모르던 그 꼬마.

버스 회수권을 팔아서 300원으로 엿 바꿔 먹은 8살 꼬마,
다음 날 또 가서 문방구 아저씨가 엄마한테 혼날까
걱정해주던 그 꼬마.

쇼윈도에 보이는 머리핀이 맘에 들어 이거 팔지 마세요,
했던 9살 꼬마,
결국 용돈 모아 엄마 몰래 머리핀을 사 버린 그 꼬마.

처음 누구의 도움 없이 두 발 자전거를 타게 된 10살 꼬마,
초보 운전 딱지를 붙이지 못해 결국 넘어져 피가 흐르던
그 꼬마.

10대가 되기도 전 인생 초보를 기억하는 이 어른.
다시 돌아가고 싶은 철없는 이 어른의 이기적인 욕심.

이 냄새나는 짙은 어둠이,
꺼지지 않을 밝은 빛 앞에 나서고 싶지 않은 상황의 아이러니.

그 꼬마가 이 어른보다 더 용기 있는 존재일까 봐,
절대로, 절대로 속마음을 들키면 안 될 것 같은 이 어른.

바다는 말이 없다

직장을 그만둔 다음 날,
하릴없이 누워만 있다.
늦잠 자도 되고 좋네?
하면서.

갈 데도 없어,
만날 사람도 없어,
위로해줄 사람은 더더욱 없어.

한동안은 설레는 마음으로
통장 입금 내역을 확인하지 않아도 돼 편하고,
그래서 돈 쓸 일이 없어 불편하고.

누워만 있는데도 병나겠다 싶어,
무작정 기차표를 끊어 냅다 떠나버린 곳은 해운대였다.

여행 가서도 잠만 자다가 부랴부랴 씻고 나온 다음 날 오후.
모래사장에 앉는다, 노을이 질 때까지.
질릴 때까지 바라본다, 바다를.
이게 바로 백수의 하루.

그러다 문득, 나의 시야에 들어온 바다는
아름다웠다가 힘겨워 보이기까지 한다.

쉬지 않고 일하는 파도.
반나절이나 앉아 쉬고 있는 나.
철썩이는 파도는 한시도 가만있지 않고 일을 해낸다.
적셔주니 고마운 모래들을 만나러 온다.

파도야, 너의 부지런함에 반성을 하게 되는구나.
좀 쉬엄쉬엄해 그러다 근육 생기겠다, 얘.

그래도 넌 좋겠다.
일할 수 있어서.

그래도 바다는 말이 없다.

어쩌면 기적

길을 잃은 강아지가 주인님을 찾아주세요,
라며 말을 걸어오는 날.

토끼에게 사자가 꼼짝을 못하며 도망치는 것을 보는 날.

더워지기 시작하는 6월 하늘에 눈이 내리는 날.

비가 오는 날 강동원 오빠가 내 우산으로 뛰어 들어와
어깨동무를 해주는 날.

내 방 지킴이 곰돌이 인형이 나는 버리지 말아주라, 부탁하는 날.

코끼리가 나도 얼음 위를 걸어보고 싶어, 하며 흐느껴 우는 날.

태양이 오늘 하루는 몸이 안 좋아 휴업이라며 쉬는 바람에,
아침이 없어진 날.

산타 할아버지가 나도 이제 늙었나 봐, 힘들다고 하소연하는 날.

산기슭에서 곰이 내려와 사실 나 많이 외로웠다며
안아달라고 하는 날.

말이 없던 바다가 왜 실연당할 때만 날 보러 오냐고
속상해 파도를 멈추게 한 날.

그리고 당신이, 나에게, 그 누구에게라도,
거기 아무도 없나요?
소리 지르는 날.

어쩌면 기적.

안녕히 계세요

차라리 그냥, 가세요.
아무 말 없이 가요.

안녕히 계세요 라는 말은
너무 사무치잖아요.

어차피 갈 거면
말없이 그냥 가줘요.
그 비겁함이
때로는 약이 되기도 하니까요.

살아보니까 그렇더라니까요.
그 아무 말 없음이 어떤 말인지,
알아서 알아들을 거니까요.
그런 어설픈 끝맺음으로 희망이라도 품을 수 있게요.

어차피
안녕히 계세요, 해도
안녕히 가세요, 못 해요.

좋겠다

넌 좋겠다,
가 아니라,
그랬으면 좋겠다.

이러쿵저러쿵해도 좋겠다는 좋겠다.
부러움과 희망이 있어서.

해바라기 볼펜

잇몸이 만개한 너의 그 웃음을 보려고
내가 얼마나 노력했는지 알아?
속으로 난 울고 있어도,
겉으로 넌 웃고 있으면,
그걸로 됐거든, 나는.
나의 마음은 까망이어도,
너의 마음은 하양이었음 했어.

바로 앞에서 해바라기가 날 보고 있어.

홍콩 여행 중에 데려온 해바라기 볼펜은
볼 때마다 너무 귀여워서 다 써버리면 안 될 것만 같아.
잉크를 머금고 있어야 살아있을 것만 같아서
나도, 볼펜도, 서로 바라보기만 해.

넌 어때?
아끼지 않아도 될 무언가에 애정을 쏟고 있니?
난 또 언제 가볼지 모를 홍콩에서 사온 볼펜을 과잉보호 중인데.
근데 또 몰라,
나 좀 써주라면서 보채고 있을지도.

그건 해바라기 마음이니까.

난 그 마음을 외면하고 있는 건지도 몰라.

지금 우리는 어떨까?

지나가는 행인 1

흔하디흔한
그 많은 호흡들 중 하나.
사라져도 아무도 모를 일이죠.
아무도 신경 쓰지 마세요.
난 그냥 평범하고 싶어요.

하고 싶은 게 많았던 지나가는 행인 1.

한때 노래를 불렀구요,
노랫말처럼 살고 싶어 했었죠.

한때 피아노를 쳤구요,
건반 위에 모든 리듬을 올려놓고 싶었죠.

한때 회사를 다녔었구요,
밤의 요정은 아침형 인간이 될 수 없음을 알았죠.

한때 영원한 사랑을 꿈꿨구요,
그건 그 언젠가 이룰 꿈이라고 해두죠 뭐.

꼭 무엇이 되어야만 하나요?
끝이 보이지 않는 길을 그냥 걸어가 보는 거죠,
어떤 게 기다리고 있을지 모르는 길을.

햇살이 맑아요.
내 낡은 운동화를 들킬 것만 같아요.
마음이 울적해지기 전에 얼른 집에 가야겠어요.

오늘도 열심히 슬퍼하고서,
아무도 모르게 노래를 불러요.

그리고 자꾸만 돌아오는 내일도
잘 다녀올게요.

고맙습니다

고기 사줄게,
라는 말에 나도 모르게
고맙습니다,
라는 말을 못 해 버렸다.

그래서
미안합니다,
라는 말도 잘 못 하겠고,

감사합니다,
라는 말도 어려워졌다.

응원합니다,
라는 말은 너무 슬프다.

사회생활이 어렵다.
말보다 눈물을 먼저 배워버려서.

칫솔

새로 산 칫솔은 날 아프게 했다.
새것.
익숙하지 않은 것.
그래서 이해할 수 있는 것.

한데,
너는 나를 아프게 할 권리가 있던가?

너, 책

너라는 책이 너무 두껍고 어려워서,
읽는 데 한참 걸리는데,
이해가 되질 않아서,
몇 번이고 읽고 또 읽어야 했는데.

그조차 기다려 주질 않았던 너는 얼마나 야속했나.
겁도 없이 첫 장을 열어버린 나의 잘못은 또 얼마나 컸나.

아직 끝까지 읽으려면 멀었는데,
결말을 알아버린 이 상황을 어찌하나.

정신없이 재밌게 읽어가고 싶었는데,
왜 그조차 허락하질 않나.

마음의 양식이라면서,
너는 왜 나를 더 해쓱하게 만드나.

왜 안 와요?

이따 오후에 비가 내린다고 했다.
기상청 믿다.
와야 할 비가 안 온다.
온다고 해놓고 안 온다.
꼭 너처럼.
꼭 올 것처럼 말해 놓고.

커피=당신

커피를 마시면 항상 속이 안 좋은데,
커피를 좋아하는 나는 어떻게 해야 하는지.

당신을 만나면 항상 서럽기만 한데,
당신을 간절하는 나는 어떻게 해야 하는지.

너무 추워서

내가 너무 차가웠다면 미안해.
나는 영하 40도에서
너무 오래 얼어있어서,
얼음으로 너무 오래 살아서,

녹는 데 한참 걸려.
따뜻해지는 건 한참 걸려.
너무 오래 얼어있어서.

냉동실에서 한참을 머물던 오징어가 밖으로 끌려 나오면,
이렇게나 따뜻한 곳이 있었구나 하며 하염없이 눈물을 흘리듯.

온기를 경험해 본 적이 없어서.
나한테 계절은 겨울밖에 없어서.

그래서 그랬나 봐.
그리도 차가웠나 봐.

밖으로 나온 오징어는 얼어있던 몸이 긴장을 풀고,
온기를 머금은 복숭아는 쉽게 흐물흐물해지니까.

계속 어루만져주라.

조금만 더 시간을 주라.

따뜻한 물이 되어 계속 부어주라.

그리고

다시는 차가운 곳에 있지 않게 해주라.

그동안 너무 많이 추웠으니까.

내 말투, 목소리, 표정이 시리도록 차가워도

조금만 이해해주라.

따뜻함을 잃었어도

이제 찾을 차례니까.

하늘이 운다

금방이라도 울음을 터뜨릴 것 같은 하늘이
몇 시간째 이어지고,
내내 불안에 떨게 하더니,
이내 울어버린다.
평평 울어버린다.

뭐가 그리 서러운 일이 많은지,
울음이 쉽게 그치지 않는 하늘을 바라보면서
너도 슬프냐,
나도 슬프다.
했더니,
갑자기 내 앞에 있는 창문으로까지 강풍을 몰고 와서는
방충망이 앞, 뒤로 춤을 추고 떼를 쓰기 시작한다.

네 맘대로 하렴.
울고 싶을 때까지 울고,
바람으로 떼도 썼다가,
천둥으로 겁도 줘보고,
번갯불로 화도 내보렴.

그렇게 너의 맘이 풀릴 때까지,
그렇게 날씨로 변덕 부리지 않아도 될 때까지.
그래야 우리는 안심할 수 있단다.

그렇게 말해주니 더 서러워졌나,
감정이 많이 사그라들었나,
가만가만 또 우네.
이번엔
빗소리를 셀 수도 있을 만큼 조용하게 우네.

이제 그쳤구나.
다 울었구나.

그래, 이제 너의 속마음을 말해 봐.
들을 준비가 되었으니.

어디쯤인가요

비가 내리다, 말다, 했다.

그래서 나는

창문을 열었다, 닫았다, 했다.

밤새 켜둔 에어컨 등이 뜨거울 것 같아

좀 쉬게 하려는 필사적인 노력이었다.

열대야에 잠 못 드는 저녁이었는데

7월에서 8월로 바뀌더니 더위는 꽤 견딜 만해졌다.

볼펜을 사러 동네 문구점에 들렀다.

매일 쓰던 볼펜이 있어야 할 자리에 없어,

아저씨 그 0.38㎜ 볼펜 이제 안 나오나요?

그거 말이에요 그거, 그 곰돌이 볼펜이요.

하자 아쉬운 기척 없이 아저씨 그렇다고 한다.

전 아직 그게 필요한데 왜 이제 안 나오는 거죠?

힘내려고 노력해 봤지만 결국 실패한 듯한 표정과 목소리로

말한다.

더위가 지나가면 바람이 선선해진다.

손에 익어버린 볼펜이 없어지면 서운해진다.

가만히 내버려두면 좋은 날이 오기도 한다.

기다리지 않아도 더 좋은 게 오기도 하는 걸까?

보고 싶었냐고

아무렇지 않게 물어보네요.
아니요,
아니라고 말할 수 있겠네요.

정말로, 많이, 너무 많이 보고 싶을 때는요,
함부로 보고 싶다는 말이 안 나와요,
눈물이 먼저 나오지.

난 어둠

어두컴컴한 방에
불 좀 켜고 있지 그래,
하며 들어오는 누군가를
미워하게 될 때가 있다.

나는 어둡고,
넌 환한 걸 좋아하나 보다.
그래서 날 이해하지 못하나 보다.

무언가를 하기 위해서는 불을 켜고 있겠지,
근데 어둡다는 건 할 일이 없다고 이해해주면 좋으련만.

마음 둘 곳 없었고,
혼자 안고 가려 했던 나를,
넌 그것도 이해 못 하니,
하며 속으로만 끝내버리는 원망은
어두워서 표현되지 못했나 보다.

가끔은 사람이 이런 날도 있어야 성숙해지지 않겠어?
라며 웃어버리고 넘길 수 있는 상황이 아니란 말이다.

아파본 사람만이 안다.

너의 그늘진 얼굴을 보면

말없이 안아주면 된다는 것을.

어두울 땐, 어둡도록 내버려 두면 된다는 것을.

그렇게 되기를

언제나 약자를 위하는 마음에 의심하지 않기를
지나간 일에 후회할 순 있어도 그로 인해 괴롭지 않기를
다른 사람의 시선에서 부디 자유로워지기를
별것 아닌 일에 상처받아 아프지 않기를
가끔은 익명으로 그 누군가에게 편지할 수 있기를
한 살씩 나이를 먹는 게 불행하다 생각하지 않기를
얼굴에 주름살이 생겨도 성숙해지고 있다는
기쁜 마음으로 받아들이기를
해마다 새로운 꿈이 생겨 매일이 설렐 수 있기를
불길한 예감은 항상 맞는다는 공식을 깨고
희망찬 예감만 들어맞기를
자신을 희생하면서 다른 사람에게 잘 보이려 애쓰지 않기를
삶이 숙제가 아니라 축제가 되기를
꼭 그렇게 되기를.

첫눈

손잔등이 부르트고 피가 날 정도였어요.
그렇게도 추웠어요.

첫눈.
새벽 찬 서리를 맞고 잎을 모두 떨어버린 앙상한 나무는
더 춥겠죠, 아마.
없잖아요.
같이 추위를 견뎌줄 잎이.

첫눈이라서 더 손이 시린 거예요.
없잖아요.
같이 볼 사람이.

손잔등이 부르터서 피가 나도록 아파도
없잖아요.
잡아줄 손이.

나만 들리는 소리

비가 온다는 건 구름이 알려주고
봄이 온다는 건 꽃들이 알려주고
아이가 온다는 건 태몽이 알려주고
택배가 온다는 건 문자가 알려주고
여름이 온다는 건 더위가 알려주고
이별이 온다는 건 예감이 알려주네.

너는 소리 없이 왔다가
소리 내어 떠나간다.

밤하늘의 달을

무심코 올려다본 하늘은
날씨만큼이나 따뜻했습니다.

덩그러니 홀로 떠 있는 보름달 옆으로
구름 한 뭉치가 천천히, 천천히 다가갑니다.

하늘이 자기 색을 감추면
더 낭만적인 그림을 보여 주고 싶어 합니다.

좋은 이야기와 좋은 풍경은
좋은 사람이 되고 싶게 만듭니다.

지켜주고 싶어졌습니다.
오래도록, 당신을요.

달님 곁을 구름이 지켜주듯이.
기특하게, 포근하게.

내 곁은 누가 지켜주나요?
저 하늘에 묻는 밤입니다.

비밀, 이었던 이야기

말하지 못한 게 있어요.
참 많이 좋아했습니다.
사랑이라고는 못 하겠습니다.
끝이 보였달까요.

하기야, 세상엔 여러 가지 모양의 사랑이 존재하니까요.
어설프지만 어렵기도 했던 고백입니다.

그래도 우리 언젠가
한 번은 마주쳤으면 해요.
그때는 웃으면서 인사하게요.
난 그때까지 어떤 표정을 지어 보일지 고민하고 있을게요.
연습할 거예요, 열심히.

삶의 많은 선들 가운데
가장 희미한 선으로 남겨둡니다.

우린 서로 행복할 자격이 있어요.
각자의 길에서, 각자의 방법으로.

바람이 불어오는 곳

바람이 차요.
얇게 입진 않았는지 걱정은 되지만,
이제 그만 넣어 두려고 해요.
조금씩, 조금씩 강해지고 있는 중이거든요.
그렇게, 그렇게 기다림은 저에게서 멀어지고 있어요.
멈추지 않는 기침에 등을 두드려줄 손이 없다는 걸 알았거든요.

바람이 부는 대로 맞는 거죠, 뭐
바람이 불어오는 대로 가는 거죠, 뭐.

그 바람이 불어오는 곳으로
그동안의, 당신을 향한 우울한 열정을 실어 보냅니다.

바라봅니다

사람들은 오랜만에 저를 보며 많이 변했다고 하죠.
당연한 얘기죠.
나이도 변하고, 그에 따른 인상도 변했을 테니.

어떻게 변했나요, 물으면
많이 편안해보여, 예뻐졌어, 라고 말하죠.

편안하고 예쁜 건 무엇인가요, 물으면
저는 대답하죠.
세상에게 실망하고, 아파하고,
혼자 외로운 길을 걸으며 생긴 편안함이라고.
그러다가 안 되겠다 싶어 안락함을 꿈꾸며,
다른 꿈을 놓았다가 다시 찾아가는 중인,
그런 예쁜 모습이라고.

이 세상이 너무 아프다고만 했었죠.

이제 당신의 마음을 헤아릴 수 있게 되었는데,
오늘도 당신의 빈자리는 채워지지 않는 그리움으로 향합니다.

원컨대,

아프지 않은 그곳에서 편안하시기를.

그리고 더 아름다운 모습이기를.

그런데,

보고 싶다는 말보다 더 보고 싶다는 말은 없을까요?

미세먼지 때문에

창문 좀 열자.
- 미세먼지 가득이야.
콜록콜록 하겠어?
- 응, 그럴지도.

미세먼지 따위,
눈앞에 보이지는 않는데 왜 나쁠까.
그리고 너,
눈앞에 보이지는 않으면서 왜 나쁘냐.

보이지 않는 그 미세함에 우리는 괴롭고,
아직 남아있는 그 미세함에 나는 외로운 중.

보리, 보리 쌀

보리, 보리 쌀.
보리, 보리 쌀.

두근두근 쿵.
하는 나의 마음을 알랑가 몰라.
모르니까 자꾸 보리만 외치고 있는
너도 참 너다.
졌다, 졌어.
뭐해 얼른 쌀 하고 들어오지 않고.
좋은 말로 할 때 어서
서둘러야 될걸.

내가 나중에 쌀이 좋아질지,
현미가 좋아질지 모를 일이야, 홍.

눈과 당신의 이야기

늦은 새벽에 눈이 내렸던 걸 나만 알았더라면.

나의 고백에 당신은 아무런 노력을 하지 않았다는 걸
미리 알았더라면.

그리움이라는 불편함만 뺀다면, 좋을, 그곳에서
그 말을 꼭 들었더라면.
지금 내 마음은 휴업이라고.

새벽에 내린 눈은 흔적도 없이 사라졌다.
쌓이지도 않고,
가버렸다.

그럴 줄 알았으면 안 좋아했을 텐데.
눈이 온다고.

얼마나 걸려요?

파스타 면 삶는 데 8분.
회사 퇴근시간 7시.
주말을 기다리는 시간 5일.
엄마 배 속에 있어야 할 시간 10달.
주민등록증이 나오기까지 18년.

시간이 지나면 이루어지는 일들이 이리도 많은데,
당신을 잊는 데 걸리는 시간은 왜 정해지지 않았나요.

다리 미안

온종일 걸었어.
하도 많이 걸어서 다리가 아파.
근데 걸어야 했어.
그랬어야 안 아픈 무언가가 있었거든.
그 무언가를 치료하기 위해
희생하는 나의 두 다리에게 미안해도
어쩔 수 없어.

집에 가면 나는 바로 뻗어있겠지?
퉁퉁 부은 종아리를 주물주물 하면서 말야.
병 주고 약 주네,
힘들게나 하지 말지 왜 어르고 달래 주는 거야,
라고 다리가 말하지.

그렇다면 나는 말하겠지.
너도 나의 일부이니 같이 감당해주라 하면서.
마음이 찢어질 듯 아플 땐 너를 아프게 하면서
이 감정 같이 나누자꾸나,
하면서 말야.

어디서 보니까 슬픔은 누군가와 나눌 때 덜어진다고 하던데,
그런 누군가가 없잖니.

나의 일부였던 그 누군가를 위해,
나의 일부가 희생 좀 해주라 하면서.

나는 어디까지 바보인 걸까.
그리고 언제까지.

이미 외로움

감당할 수 있을까요?
저는 없어요.
그러니,
생각하는 그런 일은 일어나지 않기로 해요.

너무하네요.
그런 걸 물어보다니.
알면서 물어보다니.
저는 할 수 없어요.
저는 못 하겠습니다.
당신 없이 못 살겠습니다.
그러니 오래오래 옆에 있어요.

나는 외로움을 아는 사람이니 더는 알려주지 마세요.
이미 잘 알고 있으니.

오셀로

믿었던 정직함에게 발등이 찍힌 나는
안전함을 놓쳐버렸나요.

당신에게 모든 비밀을 털어놓은 나는
안전지대에서 얼마나 멀어졌나요.

학습되지 않은 거짓에
나는 지금 얼마나 불안한가요.

진심이 언젠가는 통한다는 말의,
그 언젠가를 이해하지 못해,
꾸밈이 없었던 나는
지금,
당신을 잃어가나요.

아마도, 사랑

왜 나를 그만 좋아해요?
그 마음 그만해줘요.

나는 이제 그만 좋아하고
이미 다음 단계로 가고 있는 중인데.

약속해 주기

첫 번째, 절대 울지 말기.
두 번째, 웃으며 인사하기.
세 번째, 행운을 빌어주기.

계획대로 되지 않아도
그냥 아무도 사랑하지 않기,
를 바라는 마음을 버리기.
약속해 주기.

이제 안녕.
안녕이 힘든 사람으로부터.

학교를 안 갔어

비가 많이많이 내리는 날,
제가요, 학교에 가기 싫어서가 아니라요,
이런 날은 집에 있어야 하는 거죠, 선생님?
저는 시인이 꿈이랍니다.
오늘은 집에서 시를 쓸게요, 공부하기 싫어서가 아니에요 선생님.

- 다음 날, 시를 제출하기로 하고 결석.

밖에 핀 꽃들에게 눈을 거두지 못하는 날,
이렇게 꽃들이 봄을 노래하는데 수업을 들어야 할까요, 선생님?
꽃은 우리의 시선을 기다려요, 선생님.

- 꽃들과 다정한 대화를 허락받는 날, 결석.

오늘은 10월의 마지막 날이에요, 선생님.
이대로 10월을 보낼 수가 없어요,
1년간 이별을 어떻게 견디나요,
저는 집에서 잊혀진 계절을 들을게요, 선생님.

- 그렇게 10월과의 작별인사를 인정받는 날, 결석.

아파요, 선생님.

마음이 아파요.

우리 집 강아지, 깜둥이가 아파서 저도 너무 마음이 아파요.

이런 날 아무렇지 않게 학교에 가야 하는 건,

어린이에게 너무 가혹하지 않나요?

제가 집에서 간호를 해줘야겠어요, 선생님.

- 깜둥이에게 까만 세상을 보여주고 싶지 않아, 결석.

제가 공부하기 싫어서라 아니라요,

슬픔을 견디는 힘이 아직은 부족해서 그래요.

선생님, 사랑해요.

드디어 제가 졸업을 하네요, 선생님.

선생님은 안 우는데 저만 울고 있나요.

그렇게 집에서 혼자 성숙을 연습했는데 잘 안 됐나 봐요.

저는 이만 가 볼게요, 선생님.

안녕히 계세요.

잘 지내시죠, 선생님.

감사해요, 선생님.

덕분에 저는 지금 시를 쓰고 있답니다.

서두르지 마요

언젠간 겪을 일인데.

만남도 그리 서두르더니
이별도 서두르네요.

나만 아직도 서투르네요.

눈물꽃

오늘 밝게 웃기 위해 그동안 많이도 울었거든요.
그동안의 울음에게 빚진 오늘의 웃음이거든요.

거친 세파, 끝이 보이지 않던 언덕길,
자꾸만, 나에게만 등을 보이던 세상이
이제야 비로소 내 편이 되어주었어요.
웃을 수 있게 되었어요, 이제야.

오늘의 웃음꽃은
그동안 흘린 눈물이 키운 꽃이에요.
한동안 웃어 봐도 될까요.
이 꽃이 시들 때까지만.

하루살이의 하루

비 오는 날에 태어난 하루살이는
온 세상이 항상 축축한 줄 알겠지?
햇살이 좋은 날 태어난 하루살이는
온 세상이 항상 따뜻한 줄 알 거야, 그치?

항상 가장 젊은 하루살이가
아, 나는 이토록 멋진 세상에서 살았구나.
생각할 만큼의 벅찬 생을 살았기를.
생애 처음이자 마지막 비행을 무사히 잘 마쳤기를.

그렇게 오래 기다려 만난 세상과
기쁘게, 기쁘게 작별할 수 있기를.

그리고 내일은 부디
먹구름이 햇빛을 방해하지 않기를.

그곳은 천국이 아니다

한 사람을 너무 많이, 몹시도 많이 사랑한다는 것은,
그곳은 어쩌면 천국이 아닐지도 몰라.
크나큰 마음만큼 감당해야 할 짐이 무거우니까.

우리 감당할 수 있을 정도만 설레고,
편안할 정도만 사랑하기로 해.
달콤함이 강할수록 우린 어딘가가 아프게 될 테니까.
초콜릿을 많이 먹으면 충치가 생기는 이유야.

우리가 너무 많이 사랑하는 사람과 영원을 약속할 수 없는 이유.
신이 있다면 사랑이란 늪에서 더는 허우적거리지 않게
꺼내준 셈이지.
감사해야 해.
운명에게 그리도 부탁했건만 들어주지 않는 인연이란,
다 이유가 있는 법이야.

그러니 지금은 아파도 참을 것.
나중엔 더 나은 결과를 불러오니 꼭 한 번 참아 볼 것.

반성합니다

잠을 이루지 못한 숱한 밤들에 대해,

뚜렷한 선이라곤 없었던 나의 삶에 대해,

결국 잃어버려지고 말았던 그 순간에 대해,

즐겁지만은 않았던 나의 지나온 날들에 대해,

버스 옆자리에 앉은 사람을 경계하게 되기까지 겪어 온
모든 감정들에 대해,

맞춰놓은 알람을 끄고 아침형 인간은 내일부터다 했는데,
그게 내년이 되어버린 일에 대해.

그리고,
너무 좋아하는 바람에 한 치의 의심 없이 당신을
무조건 믿어버린 일에 대해.

거울아, 거울아

아직 준비운동이 덜 끝난 나에게,
시간과 나이는 어서 세상 앞으로 나가라고 말하는데,
나는 아직 그 자리에 있는데,
계속 같은 자리에 있는데,
거울은 변해버린 인상만을 보여 준다.

점점 더 질문 없이,
점점 더 소리 없이.

거울은 아무도 사랑하지 않는다.
그저 본 대로 말할 뿐.
그 사실이 어쩐지 나는, 조금쯤 서글프다.

하현달

그때 고개를 뒤로 젖혀 하늘을 올려다보니
하현달이 떠 있는 거예요.

하잘것없이 여겨질 뻔했던 모든 것들이
아주 겸손하게 살아 숨 쉬고 있는 걸 알게 된 거죠.

그때 지키지 못했던, 그러나 소중했던
부질없는 약속들이 어쩌면 우리를 변하게 해요.
고행의 길을 걸어왔던 그동안을 잊을 수 없게 해요.

그래도 우리 약속 하나 할까요.
어쩌면 이루어지지 않을 우리의 계획들을 생각하면서요.
저 하늘에 떠 있는 하현달이 그믐달로 변할 때까지만요.

용서할 순 있어도 품을 수는 없어요.
용서로 노력을 다 써버렸기 때문에요.

마음의 준비가 되었나요?
슬픔은 가장 예상치 못한 순간에 덮쳐 와요.

들에 핀 꽃

들에 피어 있는 꽃을 꺾어다가 병에 담고
병에 담긴 꽃에 물을 준다.

꽃은 과연 고맙다고 할 것인가.

때로는, 가만히 있어야 할 자리에 놓아두는 성숙함이
사랑이다.

거기, 누구 없소?

인간이 겪을 수 있는 슬픔을 초과한 것 같아
동물처럼 울었을 때도,
나는 혼자였다.

그 말은,
앞으로 걸어갈 길이 죽 혼자라는 뜻이다.

당분간, 서러울 예정.

나이를 먹다

나를 견딘다.
추억을 견딘다.

웃음이 줄어든다.
말수가 줄어든다.

돈이 늘어난다.
걱정이 늘어난다.

멀미

내가 잘못했다면 미안해요.
나도 나아지고 싶어요.

고쳐볼게요,
라는 말은 조심스러워요.
기다리세요,
라는 말은 이기적이죠?

딱 그 정도의 희망
그리고 여름날의 꿈.

나는 내가 아는 나보다 훨씬 더 겁이 많은 사람이었나 봐요.
새벽 공기가 차가워졌는지 몸을 자꾸만 웅크리게 되네요.
당신은 좋은 가을날이 되길 바라요.
저는 좀 쉴게요.
놀라지 않기에요.

그리고 이제 방랑하지 않기로 해요.
당신도,
나도.

근데,
멀미가 날 것 같은 공허함에
먹는 약은 없나요?

진심은 아픔

나는 매사에 진심이어서
매일 마음이 아픈가 보다.
그리운 것들은 너무 멀리 가 있으니까.

어쩌면, 닿을 수 없는 곳에.

우리 언제 만나요?

오늘도 잠이 오기를 기다리며
잠님, 어서 오시어요.

아무리 애원해 보아도 쉬운 걸음 하지 않으시는 잠님은
비워라, 비워내라 하시지만,
그게 어디 맘처럼 쉽나요.

그렇게 새벽이 밝아오고, 아침 해는 뜨며,
나는 자리에서 일어나 잠을 기다린 적 없는 사람처럼 행동해요.

그렇게 아침형 인간인 척해요.
안 잔 인간이면서.

그래도 기다릴 겁니다.
언제라도 만나겠죠.

꿈속에서

난 왜 자꾸 꿈에서 초코파이를 사 먹는 걸까?
군인도 아닌데.
난 왜 자꾸 꿈에서 밥을 먹고 있는 걸까?
깨어 있을 때도 많이 먹는데.
난 왜 자꾸 꿈에서 떨어지는 걸까?
더 클 키도 없는데.

난 왜 자꾸 꿈에서 울고 있는 걸까?
그리움이 사무치는 당신을 만났는데.
해 줄 말이 많은데.

우리도 꽃

너는 꽃을 좋아하지 않는다고 했다.
꽃은 언젠가 시들어버려, 라고 했다.

너는 그렇게도 버릴 수 없는 마음을 품고 있는 것이리라.

좋으면 좋은 대로,
싫으면 싫은 대로,
노력하지 않아도 된다.

언젠가, 그 언젠가 우리 마음이 평온을 되찾으면,
추하게 일그러진 몸과 마음이 편안함을 되찾으면,
그땐 그 모든 것을 용서할 수 있을 테니.

부는 봄바람도,
떨어지는 꽃잎도,
견딜 수 없는 쓸쓸함도,
뒤돌아봐야 알 수 있는 것들도.

숨

숨을 쉬듯 너를 본다.
숨을 쉬듯 너를 꿈꾼다.

들숨에 너를 담으면
날숨은 사랑으로 바뀐다.

사랑에 빠지는 순간
가슴 설렐 권리가 주어진다.

매일 그렇게 웃고프다.

나뭇가지에 추억이 앉으면

눈이 소복이 쌓이면
나뭇가지는 힘을 잃어 뚝뚝 부러지고 말았다.
털어주었다, 나무를 위해서.

누가 알았겠는가,
쌓인 눈의 힘이 그렇게 강할지를.
올 때는 예쁘기만 했는데.

또 누가 알았겠나,
쌓인 추억의 힘이 그렇게 무거울지를.
올 때는 그저 몰랐는데.

나뭇가지는 약한 게 아니라
쌓인 눈이 무거운 거였다, 잘못이 없다.

나는 약한 게 아니라
추억이 해도 해도 너무한다, 방법이 없다.

그렇게 나는 끊어지지 않으려고,
눈이 쌓일 때마다 털어내기로 했다.

묵묵부답

오랜만에 그 사람에게 연락이 왔다고 말했다.
넌 어때?
물어온다.
다른 사람에게 의견을 구하는 것도,
자랑하고 싶은 마음도 아니었으나,
그냥 한마디로 정리할 수 있다.

겨울에 햇빛이 반가울 순 있어도
따뜻하진 않잖아요,
라고.

아무렇지 않게 얘기했다.
아마 그랬을 것이다.

말도 안 되는 소리

바람에게 불지 말라고 부탁하면,
바람은 어떡하라고.
더 이상 바람이 아니게 되는데.

너는 그만 나를 잊으라고 말하면,
나는 어떡하라고.
두려움을 두려워하지 않으면 되나.

사랑이 올까요

저녁이 오고 있나 봐요.
시퍼렇게 멍이 든 하늘을 보면서 나는 했던 걸까요.
색이 변해간다는 것에 아픔을 빼놓을 순 없다는 생각을요.

너무 잘해주지 마세요.
나는 또, 다른 차원의 기대를 하게 되잖아요.
그 기대가 무너지면 외로워지죠.

그럴 때면 나는 또 미소를 감추고, 기분을 감추고,
마음을 감추겠죠.
모퉁이만 돌면 바로 그곳이라는 말은 아직, 들은 적이 없어서
오늘도 소란스러운 마음을 감추곤 해요.
그게 최선이라는 생각을 하면서요.

하루 또 하루 기다리다 보면,
저녁이 오는 게 반가울지도 모를 일이죠.

우습지 않은 일에 웃음을 터뜨리는 날이 오긴 할까요.

마음

연약한 마음
이래도 되는 걸까 싶은 마음
유약함을 들킬까 봐 조마조마하는 마음
지금 당장 확인하면 안 될 것 같아 아껴두는 마음

좋아하는 마음
다칠까 봐 조심조심 웅크리는 마음
실패가 두려워 꽁꽁 숨겨 놓은 마음
해야 할 일을 자꾸자꾸 미루는 마음

그 마음은 무럭무럭 자라서 심술이 나는 마음으로 성장.
별을 좋아한다고 해서 대기권 밖으로 나갈 순 없는 상황.

그러니까, 결국, 초라한 나의 마음.

어떡하죠?

저는 아직 들어야 할 철도 못 들어서 낑낑대고 있는데.
저는 아직 꿈꾸었던 모습을 현실로 가져오지 못했는데.

그리고 저는 아직도
꿈을, 사람을, 사랑을, 세상을
다 알지 못했는데 어떻게 하면 적지도 많지도 않은
내 나이의 값을 적당히 해낼 수 있을까요.
나는 아직 손에 사탕을 여러 개 들고도 빼앗길까 봐,
하나도 안 놓치려고 우는 어린애일 뿐인데.

맞아요, 열심히 살지 못했어요.
그래서
아직 저는 세상과 다정히 손잡아 본 적 없었는데.
아직 저는 사랑을 한 번도 사랑해 본 적 없었는데.

어떡하죠?
어떡해야 합니까?

계속 어른인 척하는 연기 실력만 늘어가요.
자꾸만 가면을 쓰고서 내가 나에게 시키는 거짓말만 늘어가요.

오늘도 그저 평범한 저녁 하늘을 온 마음 다해 사랑해봅니다.
그렇게 연습해 갑니다.

하기 싫은 상상을 피해 가기 위해.
그렇게 그곳을 빠져나오기 위해.

내 모든 지혜가 끝나버릴 때까지.

추억을 사랑함으로써

하기 싫어도 해야만 하는 상상이 있다.
이를테면, 당신이 떠나가는 날,
나는 울고 있을까, 웃고 있을까.
하는 그런 미련한 그림을 나는 그려본다.
당신을 사랑함으로써.

하기 싫어도 해야만 하는 실천이 있다.
이를테면, 당신이 떠나갔어도
기다려야 할까, 말아야 할까.
하는 그런 슬기롭지 못한 생각을 나는 해 본다.
당신을 사랑함으로써.

하기 싫어도 해야만 하는 다짐이 있다.
침묵에 잠긴 우리의 관계 속에서
시끄럽게 구는 내 마음속 그 어떤 것이
사라졌으면 한다, 라고 나는 바라본다.
그렇게 내일의 나는 오늘의 나를 잊어버리고 만다.
나를 사랑함으로써.

하기 싫어도 해야만 하는 말들이 있다.

우리가 떨어져도, 어디서든 행복하라고.

완전한 진심을 입에 담을 용기가 아직은 없으므로.

추억을 사랑함으로써.

겨울은 미워요

지난겨울은 너무 가혹했어요.
기억나요?
너무너무 추웠잖아요.
기다리는 눈은 안 오면서, 올 것처럼 안 오면서,
바람은 또 잔인하게도 많이 불었잖아요.
기억나요?
겨울이 미웠어요.
아니, 미워요.
지금도.

오래전의 슬픔이 찾아와 잠잠했던 마음을 흔들어 놓는 것처럼
저는 아직도 방황이 끝날 줄을 몰라요.

그렇게 오래오래 슬픔에 잠긴 밤이 깊어지다가
아무것도 모르는 순진한 아침이 밝아오면 늦지 않잖아요.
그때 보내주는 것도.

내 꿈은 미워하지 않는 것.

그게 너라면,
사랑하지 않는 것.
아무리 추워도.

타고난 허약체질

좋아합니다.
겁도 없이, 대책 없이.

어릴 때, 아주 많이 아팠을 때,
엄마 손을 잡고 소아과에 갔을 때.
놀이방에서 뛰어노는 활발한 친구들과 달리 나는
기대어 누워있었죠, 엄마 어깨에.
그리고 기다렸죠, 이름을 부를 때까지.

저는 너무 아픈 나머지 그저 집에 가고 싶다는
생각밖에는요, 없었어요.
너무 아팠거든요.

연약한 아이에게 감기몸살이 얼마나 못 살게 굴었는지 모르죠?
얼굴이 뜨끈해지면서, 세상이 빙글빙글 어지럽고,
목소리는 마치 비밀을 말하듯 작고 떨리고요,
밖에 눈이 와도 엄마가 더 신나 하고요,
좋아하는 곰돌이 젤리도 아무 맛이 안 나요.
어때요, 심각하죠?

그렇게 어른들의 표정을 닮아가죠.
원래 그렇게 약했어요, 나는요.
감기몸살에 곰돌이 젤리와 이별할 만큼이나 약했어요.

그런 아이가 어른이 된다고 뭐가 크게 달라지나요.
아픔에 취약해요. 아직도 그래요.

이제 엄마가 해주는 베개도 없어요.
같이 손잡고 병원에 가줄 사람도 없죠.

약해서 싫은 거라면 건강해 볼게요. 너무 미워하지 마요.
하나씩 둘씩 노력하면 되잖아요.

맞아요. 겁이 없는 척했어요.
지켜야 할 게 많아서.

당신이 손을 내민 순간,
나는 그만 순진하게 기뻐하고 말았죠.
당신 덕분에 내가 이렇게도 서투르구나,
알게 됐지 뭐예요.

마음을 옮기는 게 쉽지는 않겠지만
그래도 가만히 있지만 말아 주세요.

그리고 기다려요, 이름을 부를 때까지.

많이 좋아합니다.
쓰디쓴 한약을 매일매일 챙겨 먹을 만큼.

청소

나가 주세요.
미움의 방에서.

더는 머무르지 마세요.
나는 당신을 용서하기로 했으니.
더는 견디고 싶지 않은 마음으로 당신을 비울 테니.
안에 있던 원망은 모조리 버리고 새로운 웃음을 지을 테니.

웃음으로 지은 그 집에서는 사랑만 남기고,
몸서리쳐지는 그 모든 기억을 들어올 수 없게 할 테니.

하나도 빠짐없이, 남김없이 그 모든 짐을 챙겨서
나가 주세요.